Dieses Buch ist allen Kindern gewidmet,
die - warum auch immer –
nicht mit ihren Eltern zusammenleben können,
und Nadine, der Illustratorin.
Ohne ihr Coverbild hätte es diese Geschichte nie gegeben.

Kerstin

© 2018 Kerstin Gramelsberger

Herausgeber: Edition Sternsaphir
Autorin: Kerstin Gramelsberger
Umschlaggestaltung, Illustration: Nadine Drexler

Verlag: Edition Sternsaphir, Saldenburg
ISBN: 978-3-9819702-0-3
Printed in Germany

Das Werk, einschließlich seiner Teile, ist urheberrechtlich geschützt. Jede Verwertung ist ohne Zustimmung des Verlages und des Autors unzulässig. Dies gilt insbesondere für die elektronische oder sonstige Vervielfältigung, Übersetzung, Verbreitung und öffentliche Zugänglichmachung.

Bibliografische Information der Deutschen Nationalbibliothek:
Die Deutsche Nationalbibliothek verzeichnet diese Publikation in der Deutschen Nationalbibliografie; detaillierte bibliografische Daten sind im Internet über http://dnb.d-nb.de abrufbar.

Kerstin Gramelsberger,
1971 in München geboren,
ist verheiratet und Mutter zweier Töchter.
Die gelernte Industriekauffrau lebt und arbeitet in einem Vorort von München. Neben ihren beiden Hunden und dem Reiten machte die Autorin 2014 das Schreiben zu ihrem Hobby. Seitdem hat sie viele Kurzgeschichten und Gedichte in Anthologien veröffentlicht.
Dieses Buch ist das erste eigenständige Werk der Autorin.

Es gibt eine Legende.

Die Legende der „Tränenden Herzen von Goalin".

Und das kam so:

Es war einmal ein kleiner Elf, das heißt, eigentlich war er gar nicht mehr so klein. Goalin, so hieß der Elfenjunge, war mächtig gewachsen in letzter Zeit. Trotzdem passte ihm immer noch seine gelbe Mütze mit den beiden langen Bommeln an den Seiten, worüber er sich sehr freute. Goalin war ein Waisenelf. Die Mütze war das Einzige, was ihm von seiner Mutter geblieben war, ebenso wie die Laterne von seinem Vater. Allerdings ragte die Laterne noch weit über seinen Kopf hinaus, also konnte er ruhig noch ein wenig mehr wachsen.
Beides – die Mütze und die Laterne – hütete er wie einen Schatz.

Goalin lebte bei der Amme Fariah, die ihn aufzog und ihn wie ihren eigenen Sohn liebte. Sie war ihm engste Vertraute und Vater- und Mutterersatz zugleich. Deshalb fühlte er sich auch nicht ganz so einsam und verlassen. Seine Amme war inzwischen schon alt und gebrechlich, aber sie wusste noch viel zu erzählen. Sie dachte sich die tollsten Geschichten für ihn aus und Goalin fragte sich oft, woher Fariah nur diese ganzen fantastischen Ideen hatte.

Eines Abends, als sie nach dem Abendbrot noch gemeinsam am Tisch saßen und Fariah an einem Paar Socken für ihn strickte, erzählte sie wieder eine Geschichte.

Allerdings behauptete die alte Elfe, dass *diese* Geschichte wahr sei:

„... Und kaum hatten sich deine Eltern am Flussufer niedergelassen, um die laue Luft eines Sommerabends zu genießen, da kam die böse Elfenhexe Noraluna geradewegs von hinten dahergeflogen, direkt auf die beiden zu, die Händchen haltend das funkelnde Sternendach betrachteten, bevor sie sich einander zuwendeten, um sich einen zarten Kuss zu geben."

„Aber Fariah, du hast mir bisher immer erzählt, dass ..."

Goalin war völlig durcheinander angesichts der neuen Geschichte über seine Eltern. Bisher hatte die alte Dame nichts von Elfenhexen oder dergleichen je erwähnt!

„Schscht! Still sollst du sein!", unterbrach ihn Fariah barsch, wobei sie einen Finger auf die Lippen presste und Goalin aufgebracht ansah. Dabei rutschte ihr das Wollknäuel vom Schoß und rollte unter den Tisch. Der Junge erschrak ein wenig vor seiner Amme, denn so gereizt kannte er sie nur, wenn er etwas getan hatte, wovon sie dachte, dass es ungezogen war. Selten waren sie dabei einer Meinung!

Jetzt wartete er darauf, dass sich die alte Elfendame jammernd und lamentierend bücken würde, um unter großem Geschnaufe das entkommene Knäuel wieder einzufangen.
Aber nichts geschah.

Angesichts dieser neuen Wendung der Dinge wurde der Elfenjunge ganz still. Fariah schien so in ihrer Erzählung gefangen zu sein, dass sie gar nicht bemerkt hatte, dass das Knäuel nun unter dem Tisch lag. Geschäftig klapperte sie weiter mit den Stricknadeln und nahm den Faden wieder auf.

„Also, wie gesagt, sauste die unheimliche Noraluna, die schlimmste und schrecklichste aller Elfenhexen, durch die Lüfte auf deine Eltern zu. Sie war so niederträchtig, dass sie sich von hinten anpirschte."

Sie holte tief Luft, während Goalin sich fast nicht traute, dasselbe zu tun. „Sie verzog das Gesicht zu einer ihrer grausamsten Grimassen. Ihre riesigen Fangzähne blitzten im Sternenlicht und sie breitete die langen Arme aus, sodass ihr nachtschwarzer Umhang alle Sterne am Himmel auslöschte! Dann stoppte sie schwebend mitten in der Luft, direkt hinter deiner Mutter und deinem Vater, die nicht wussten, welch grausame Gestalt ihnen auflauerte, und sprach tonlos ihren Fluch."

Fariah schien von ihrer eigenen Schilderung so angetan zu sein, dass sie sich kurz umblickte, um sich zu vergewissern, dass in den finsteren Ecken der Stube keine bösartige Noraluna lauerte.
Auch Goalin warf sicherheitshalber einen Blick in die Dunkelheit, obwohl er eigentlich nicht an Elfenhexen glaubte.

„Und was geschah dann?",
fragte er, hin- und hergerissen davon, ob er der alten Elfe nun glauben sollte, oder ob sie ihm nicht doch wieder eines ihrer fantastischen Märchen auftischte.

Da legte die Amme das Strickzeug auf die Knie.

„Dann", flüsterte sie und sah in die unbestimmte Ferne der Kammer, „glitt die Elfenhexe langsam und lautlos auf die zwei Liebenden herab. Noralunas Schatten konnte man nicht sehen, da sie keinen hatte, noch dazu war es die dunkelste Nacht seit deiner Geburt."

Eigentlich wollte Goalin wissen, wo *er* denn zu diesem Zeitpunkt gewesen war, aber er wagte es nicht, Fariah noch einmal zu unterbrechen.

„Die todbringende Hexe breitete ihre Schwingen aus, legte ihre kalten Arme um die beiden und umhüllte sie mit ihrem rabenschwarzen Schatten. Wir Dorfbewohner hörten schrille Schreie aus der Ferne, doch wir wussten nicht, von wem sie kamen und was sie zu bedeuten hatten. Sie dauerten auch nicht lange!"

Fariah verstummte, während Goalin es immer noch nicht wagte, sie zu stören. Irgendwie hatte er das mulmige Gefühl, dass sie an diesem Abend kein Märchen erzählte, so unglaublich es auch klang.

Die Amme atmete tief ein, ehe sie fortfuhr:

„Am nächsten Morgen machten wir uns auf, um nach deinen Eltern zu suchen, nachdem sie die Nacht nicht nach Hause gekommen waren. Wir fanden sie am Flussufer, immer noch sitzend und eng umschlungen. Sie waren zu Stein erstarrt. Ihre Münder zu einem stummen Schrei aufgerissen, ihre Augen auf ewig das Entsetzen sehend. Da wussten wir, dass Noraluna sie geholt hatte!"

Ein Schauer ließ Fariah zusammenzucken.

In Gedanken versunken sah die alte Elfendame aus dem kleinen, runden Fenster hinaus.

Goalin war außer sich!

Bisher hatte ihm die Amme immer von einer jüngeren Schwester erzählt, bei deren Geburt seine Mama zusammen mit dem Mädchen gestorben war und dass daraufhin sein Vater an gebrochenem Herzen starb. Goalin hatte diese Geschichte für wahr gehalten.

Oder erzählte sie *doch* wieder nur ein Märchen?

Wer glaubte denn an böse Elfenhexen?

Außer Fariah vielleicht.

„Wenn sie zu Stein geworden sind, wo sind sie dann jetzt?", fragte er vorsichtig. Fariah ließ ihr Strickzeug für einen Moment auf den Schoß sinken und sah durch ihn hindurch.

„Ihr Anblick war so entsetzlich, dass wir sie vor lauter Schreck in den Fluss gestoßen haben."

„Das heißt, sie liegen immer noch dort unten im kalten Wasser?" Goalin konnte kaum glauben, was er da hörte.

Noch bevor er den Satz zu Ende gesprochen hatte, wusste er, was er tun würde. Doch die alte Elfendame kannte ihn gut.

„Oh nein, kleiner Elf", sagte sie streng, wobei sie mit erhobener Stricknadel vor ihm herumwedelte. „Du wirst nicht nach den beiden Steinstatuen suchen, hörst du! Sie sind dort für alle Ewigkeit und werden es für immer bleiben. Was Noraluna einmal genommen hat, darf man ihr nicht mehr wegnehmen, sonst bekommt man ihre fürchterliche Rache zu spüren!"

„Warum hat sie sich meine Eltern überhaupt geholt? Sie hatten ihr doch bestimmt nichts getan." Nun klapperte Fariah heftiger mit den Stricknadeln und ihr Gesicht verfinsterte sich.

„Dein Papa hatte den Fehler gemacht, sich in deine Mama zu verlieben. Und deine Mutter liebte deinen Vater und schnappte ihn somit Noraluna vor ihrer bitterbösen Nase weg."

„Aber man kann doch nicht bestimmen, in wen man sich verliebt!"
Das wusste Goalin schließlich schon aus der Erwachsenenwelt, dass man Liebe nicht erzwingen und nicht lenken konnte.
Und auch nicht abstellen.
Bedauerlicherweise galt das auch für gefährliche Hexen.

„Eben! Noraluna hatte ihr Herz an deinen Vater verloren. Sogar sie ist nicht allmächtig und kann nicht einfach aufhören zu lieben.

So wurde sie immer rasender vor Eifersucht, bis sie eines Tages fortzog, weil sie dieses Elend nicht mehr länger ertragen konnte. Für sie war es ein schrecklicher Schmerz, die Liebe deiner Eltern Tag für Tag sehen zu müssen. Danach folgte eine ruhige Zeit, weil den Dorfbewohnern nichts Böses mehr passierte. Doch als Noraluna erfuhr, dass *du* geboren worden warst – ein Kind der Liebe - ergriff der Hass Oberhand und sie kam zurück. Sie wollte ihr Glück zerstören - so holte sie sich beide."

Goalins Entschluss stand fest, er wusste, was zu tun war.

Scheinheilig fragte er: „Und das alles ist inzwischen schon so lange her, dass du bestimmt vergessen hast, wo die Stelle ist, an der es passierte?"

„Nie und nimmer!", rief die alte Elfe entrüstet. „Ich kann diesen Ort gar nicht vergessen, selbst wenn ich es wollte. Denn kurz darauf wuchsen auf beiden Seiten des Flussufers zwei seltsame Bäumchen. Sie sind aus zweierlei Gründen auffallend; zum einen, weil sie kleine rosafarbene Blüten tragen, von denen jede einzelne die Form eines Herzens hat, zum anderen blühen zwei wunderschöne große Blumen in ihren Kronen. Niemand hat bisher davon gehört, dass ein Baum zwei verschiedene Arten von Blüten tragen kann. Ach herrje, jetzt habe ich doch eine verloren", schnaufte Fariah und fing an, hektisch mit ihren Stricknadeln zu hantieren.

„Ständig haut mir eine Masche ab."

Goalin übte sich in Geduld, bis sie die störrische Strickmasche wieder auf die Nadel gefädelt hatte.

In dem kleinen Elfenjungen erwachte die Abenteuerlust!

Er musste herausfinden, ob die Geschichte stimmte! Er wollte die Bäumchen suchen, und zwar heute Nacht noch, jawohl!
Die Aussicht Mama und Papa zu sehen, auch wenn sie nur aus Stein waren, ließ ihn ganz schwindelig werden. Und kribbelig.
Goalin schluckte.

Gut, dass Fariah ihr Strickzeug im Auge behalten musste, so konnte sie nicht sehen, wie die Vorfreude in seinen Augen glitzerte.

„Wir alle hier im Dorf nennen diese wundersamen Bäumchen `Die Tränenden Herzen´", fuhr seine Amme fort, „da es so aussieht, als ob die beiden Bäume aus den Seelen deiner Eltern entstanden sind. Die nun bittere Tränen, also in Form von den Herzblüten, über ihr trauriges Schicksal vergießen - Jahr für Jahr auf ein Neues.
Ein Jammer, dass sie so enden mussten. Ein Jammer."
Fariah schüttelte traurig den Kopf.

„Sag mir, warum erzählst du mir das alles erst heute?", fragte Goalin.

„Weil heute dein elfter Geburtstag ist", erwiderte die alte Elfe ernst, „und du nun groß genug bist, um die Wahrheit zu erfahren."

Sein Geburtstag, den hatte er beinahe vergessen ...

Geburtstage spielten in seinem Leben keine sehr große Rolle, weil Fariah nicht viel davon hielt.

„Und weil deine Mutter und dein Vater heute auf den Tag genau vor zehn Jahren von Noraluna versteinert wurden."
Das war neu!

Jetzt wusste er, warum sie diesen Tag nicht mochte, denn er war gleichzeitig der Todestag seiner Eltern, wie traurig!
Goalin musste sie unbedingt finden und er hatte auch schon einen Plan, wie er das anstellen wollte. Laut gähnend streckte er sich und gähnte zur Sicherheit gleich noch einmal.

„Oh je, mein kleiner Schatz, du bist müde. Geh zu Bett. Und untersteh dich, von der bösartigen Hexe zu träumen! Ich will morgen keine Klagen hören, du hättest schlecht geschlafen." Und schon war sie wieder auf der Jagd nach einer entkommenen Masche.
„Diese Biester schaffen es immer wieder."

Goalin schlich hinaus in die Dunkelheit.
Er hatte nicht lange warten müssen, bis ihm Fariahs durchdringendes Schnarchen verraten hatte, dass er sich nun gefahrlos davonstehlen konnte. Es war dunkler, als ihm lieb war.
Die laue Luft ließ ihn leicht schwitzen unter der Bommelmütze.

„So muss es vor zehn Jahren auch gewesen sein", dachte er und marschierte tapfer am Flussufer entlang.

Trotz der Laterne, die ein tröstliches gelbes Licht spendete, war ihm ein wenig mulmig zumute.

Die Sterne über ihm funkelten, als ob sie lebendig wären, trotzdem waren sie keine Hilfe in der finsteren Nacht.

Einzig der Mond versuchte, die Dunkelheit zu vertreiben, doch es reichte gerade mal für ein sanftes Glitzern auf der Flussoberfläche.

Goalin hielt krampfhaft den Laternenstab fest. Er war noch nie zuvor nachts alleine draußen gewesen.

Sicherheitshalber setzte er seine Schritte innerhalb des Lichtkreises der Laterne.

Wie sollte er etwas erkennen können in dieser Schwärze?

Hoffentlich marschierte er nicht an den Bäumchen vorbei!
Sie mussten sehr weit weg sein, denn auf seinen abenteuerlichen Streifzügen waren ihm diese Pflanzen noch nie aufgefallen.
Oder hatte er sie einfach übersehen?
Welcher Junge interessierte sich schon für rosafarbene Herzbäumchen?

Allerdings konnten sie so weit auch nicht weg sein, sonst hätten die Dorfbewohner die Schreie nicht hören können.

Kaum hatte Goalin darüber nachgedacht, wo denn nun diese Bäumchen stehen könnten, als er sie schon im Schein der Laterne auftauchen sah.

Ihm wurde ganz komisch zumute.

Lagen seine Eltern wirklich hier im tiefen Nass?
Wie sollte er überhaupt nachsehen, ob sie sich hier befanden?
Was würde er tun, wenn er sie wirklich entdecken würde?

Da ließ ihm ein furchtbarer Gedanke die Kehle eng werden:
Wenn die Geschichte wahr wäre, waren nicht nur seine versteinerten Eltern Wirklichkeit, sondern auch Noraluna, die böseste aller Hexen!

Würde die Elfenhexe bemerken, dass jemand hier war? Spürte sie es? Kam sie vielleicht sogar, um nachzusehen, wer es wagte, die Ruhe ihrer Opfer zu stören?

Goalin lief ein Schauer über den Rücken bei dieser Vorstellung.

Vielleicht hatte er sich zu viel vorgenommen für einen elfjährigen Jungen? Sollte er wieder umkehren?

Er hatte die Herzbäume gerade erreicht, unschlüssig, was er nun tun sollte, als plötzlich das Kerzenlicht in der Laterne grell aufleuchtete. Es strahlte so hell, dass Goalin die Augen zusammenkneifen musste. Gleichzeitig hörte er ein seltsames Summen und spürte ein leichtes Vibrieren im Laternenstab.

Vorsichtig öffnete er die Augen und sah, dass ein heller Strahl von der Laterne zu Boden führte – nein, nicht zu Boden, sondern auf die glatte Wasseroberfläche des träge dahinfließenden Flusses.

Ein Lichtpfad führte über das Gras hinab auf das Wasser bis hin zur Mitte des Flusses, es sah aus wie eine Einladung für Goalin!

Wie konnte das sein? Träumte er etwa? Er zögerte.

Das Band schimmerte bei jeder kleinen Bewegung des Wassers. Konnte er es wagen, es zu betreten, oder würde er im kalten Fluss versinken wie einst seine Eltern? Da hörte er plötzlich eine liebliche Stimme, die flüsterte: „Komm!" War das etwa die Elfenhexe, die ihn holen wollte?

„Hab keine Angst, komm!", flüsterte die Stimme erneut.
Sie war Goalin seltsam vertraut und ihm wurde ganz wehmütig ums Herz.

„Du kannst auf dem Lichtpfad wandeln", wisperte da eine männliche Stimme. „Vertraue uns." Goalin schluckte, dann musste er schluchzen, als ihm bewusst wurde, dass seine Eltern zu ihm sprachen. Mit Tränen in den Augen stieg er vorsichtig auf den Lichtschimmer, der sich auf den Fluss schmiegte – und trat so sicher auf, als hätte er festen Boden unter den Füßen.

„Goalin." Die sanfte Stimme seiner Mutter kam von irgendwo und nirgendwo. Er machte einen weiteren Schritt und schluchzte erneut. „Komm, mein Sohn", hörte er seinen Vater leise sagen.

Endlich stand er in der Mitte des dunklen Gewässers.
Seine Tränen tropften auf die Flussoberfläche, als er den Kopf senkte, um in die Tiefe zu sehen. Es sah aus, als ob das Licht herabgesunken war wie golden glitzernder Blütenstaub. Alles unter Wasser war hell erleuchtet und Goalin konnte seine Eltern sehen!

Ja, er sah die beiden am Grund liegen, übergossen mit goldenem Licht. Still stand er da und sah seine wunderschönen Eltern an, die sich noch immer umarmten und die Gesichter einander zugewandt hatten, ewig erstarrt im Ausdruck ihrer unendlichen Liebe, nicht im Entsetzen, wie Fariah behauptet hatte.

„Unser geliebter Sohn", hörte er die Stimmen wispern so sacht und leise wie verwehendes Laub. „Sieh nur, wie groß er geworden ist und wie hübsch", hauchte seine Mama. „Er trägt die Mütze, die ich ihm einst strickte."

„Und mutig ist er auch, so ganz allein in der Nacht hierherzukommen", flüsterte sein Papa. Goalin konnte den Stolz in seiner Stimme hören. „Sieh, er hat meine Laterne dabei."

In diesem Moment durchflutete den Elfenjungen ein warmes, nie gekanntes Glücksgefühl. Er hatte sie gefunden, er war kein Waisenelfenkind mehr!

Plötzlich hörte Goalin einen irren Schrei, der sein Glücksgefühl jäh zerstörte, gefolgt von einem Rauschen, das wie das von schlagenden Vogelschwingen klang. Und es kam näher.
„Geh, eile dich! Sie kommt! Lebe wohl, geliebtes Kind. Lebe wohl …"
Die sanften Stimmen verstummten. Das Licht in der Tiefe erlosch, nur das Lichtband der Laterne, auf dem er stand, blieb.
Tapfer versuchte der Junge, die Tränen wegzublinzeln.
Er fühlte sich so einsam und verlassen wie nie zuvor in seinem Leben.

„Iiiiiihh! WER WAGT ES! Wer wagt es, die Ruhe meines Geliebten zu stören?!" Goalin erschrak zutiefst, als dieses irre Kreischen wieder ertönte. Der Schreck verjagte augenblicklich das Gefühl der Einsamkeit, stattdessen jagte nun die nackte Angst durch seinen Körper. Er hatte es geahnt; fand er seine Eltern, traf er auch auf die Hexe. Gut und Böse, Licht und Schatten, Liebe und Hass!

Alles Schöne hat auch seine Schattenseiten …

Eine bittere Erkenntnis für den Elfenjungen, doch ihm blieb keine Zeit, darüber nachzudenken. Auch die Herzbäumchen reagierten auf das schreckliche Gebrüll Noralunas. Sie bogen sich hin und her, als ob unsichtbare Hände sie schüttelten.

Was sollte er tun? Konnte er fliehen?

Doch die Angst ließ ihm keine Wahl. Er stand wie gelähmt auf dem leuchtenden Band in der Flussmitte und klammerte sich an dem Laternenstab fest. Wie gerne würde er jetzt in seinem warmen Bett liegen! Goalins Knie zitterten. Die Bäume bogen sich heftiger und das Rauschen wurde lauter. Hektisch sah er sich um. Würde Noraluna auch ihn hinterrücks holen? Er fing an, sich um die eigene Achse zu drehen, doch er hatte das schreckliche Gefühl, ständig in die falsche Richtung zu starren. Er wollte heim zu Fariah!

„DU! Du wagst es!" Das heisere Kreischen zerriss erneut die Nacht. Jetzt sah er einen Schatten, der die Sterne auslöschte, ein großes schwarzes Etwas, das nur durch den Umriss der strahlenden Sterne, die nicht verdeckt wurden, zu erkennen war.

Es war riesig und kam direkt auf ihn zu! Sie war es, die Hexe!
Wie sollte er gegen dieses Ungeheuer bestehen können?
Goalin war doch noch ein Kind!

„Ich werde dich vernichten!", schrie Noraluna zornig.
„Ich schicke dich deinen Eltern hinterher, auf dass ihr ewig gefangen sein werdet in eurer lächerlichen Liebe!!!"
Hilflos starrte Goalin der Hexe entgegen. Er sah etwas Spitzes gefährlich aufblitzen, etwas, das das Laternenlicht zurückwarf. Jetzt konnte er ihr Gesicht im Laternenschein erkennen.

Noraluna hatte den Mund weit aufgerissen und ihre langen Fangzähne entblößt. Das aschgraue Gesicht war zu einer Fratze des Hasses verzogen, die großen roten Augen starrten ihn abgrundtief böse an, während die Hexe mit wirren Haaren heranrauschte. In wenigen Sekunden hätte sie ihn erreicht!

Er würde sterben, ausgerechnet an seinem Geburtstag, am zehnten Todestag seiner Eltern! Doch gerade in dem Augenblick, als Goalin aufgeben wollte, hörte er die Worte seines Vaters widerhallen:

„Und mutig ist er auch!" Ja, er war mutig! Und wie!

Er würde sich Noraluna entgegenstellen, er würde kämpfen, er würde den Laternenstab als Waffe benutzen! Plötzlich vibrierte und summte der Stab wieder geheimnisvoll und die Bäumchen bogen sich heftiger. Mit aller Kraft klammerte sich Goalin an ihn.
Er war sein einziger Halt gegen diese schreckliche Gegnerin.
Wie zuvor brach aus der Laterne ein goldener Strahl hervor, nur war dieser noch viel kräftiger und heller. Wie eine wütende Schlange bahnte er sich den Weg durch die Finsternis.

„Igitt, weg damit", keifte Noraluna und schlug sich einen Arm vor das Gesicht, während sie rückwärts taumelte, bis sie plötzlich mitten in der Luft wie gelähmt stehen blieb.

„Tu es weg! Tu es weg, du elendes Balg!"

Der verdutzte Junge wusste erst nicht, was die Hexe meinte, bis er erkannte, dass der helle Lichtstrahl unaufhaltsam auf sie zuströmte. Wie eine Schlange auf der Jagd glitt er durch die Dunkelheit auf die Elfenhexe zu, als ob er sie wittern würde. Langsam kam ihr das Licht immer näher, heftig schlug sie um sich und strampelte mit den Beinen in der Luft. Aber das alles nützte ihr nichts.

„Ich kann nicht weg! Hilfe, es hält mich gefangen! Weg damit, weg damit! TU ES WEG!" Doch es gab kein Entkommen für Noraluna. Die Lichtschlange hatte sie bereits erreicht und breitete sich aus.

Sie kroch ihren Körper hinauf und umschlang sie, als würde sie Noraluna umarmen. Einen kurzen Augenblick sah die Elfenhexe fast schön aus, als sie ganz und gar von dem strahlenden Licht eingeschlossen wurde, bevor sie sich in glitzernden Goldstaub auflöste, der langsam herabrieselte und im schwarzen Fluss versank. Goalin sah dem leuchtenden Glitzerstaub nach, bis er erlosch.

Erst dann bemerkte er, dass die Bäume mit den Herzblüten immer noch wild hin und her geschüttelt wurden, als ob ein starker Herbstwind alles Bunte von den Kronen herunterreißen wollte. Was auch tatsächlich geschah!

Die Blüten wurden hoch in die Luft gerissen, fast sah es so aus, als tanzten sie dort oben. Als sie wieder herabsanken, bildeten sie einen Wirbel, der schnurstracks auf Goalin zukam. Aber der Junge hatte keine Angst. Der Herzblütenmantel umschloss ihn sanft.

Er spürte, dass ein Teil davon die bitteren Tränen seiner Eltern waren – die großen wunderschönen Blumenblätterblüten, die ihn umwehten. Goalin wusste nicht wie, aber er fühlte, diese Blüten waren die der Trauer und des Verlustes. Aber es war nicht nur Trauer, die er spürte. Die vielen kleinen Herzblüten tanzten um ihn herum, als freuten sie sich. Diese Heiterkeit steckte ihn an und er musste lachen. Sie vereinten so viele glückliche Gefühle in sich, sie waren leicht wie Tränen der Freude. Es war anders, als was Fariah ihm erzählt hatte.

Er spürte Wärme auf der Haut und Geborgenheit in seinem Herzen.

„Sei nicht traurig, geliebter Sohn. Du wirst niemals alleine sein. Du bist ein Teil von uns und wir sind ein Teil von dir", hörte er seine Eltern wispern, bevor der Blütenmantel sich einfach auflöste und als rosafarbener Dunst auf die Wasseroberfläche schwebte und versank.

Goalin blieb zurück auf dem magischen Band, das auf der Flussoberfläche glitzerte, während die Laterne tröstlich leuchtete.

Die Bäumchen waren nun ganz kahl, auch die zwei schönen roten Blüten waren verschwunden; die Tränen seiner Eltern hatten sich aufgelöst und ihre Seelen endlich Frieden gefunden.

Plötzlich stellte Goalin fest, dass der Lichtpfad unter seinen Füßen allmählich verlöschte. Er musste schnell auf festen Boden kommen, sonst würde er doch noch hinab zu seinen Eltern sinken – und zu Noraluna. Er machte einen riesigen Satz und hüpfte auf das Flussufer. Kaum war er sicher gelandet, erlosch der Pfad mit einem Male. Erleichtert atmete er aus und er merkte, wie die Anspannung von ihm abfiel … und wie müde er war! Schnell lief der Elfenjunge heim.

Als er endlich in seinem Bett lag, schlief er sofort ein und träumte tatsächlich von Steinstatuen und Noraluna, doch die konnte ihm keine Angst mehr einjagen, denn er hatte seine Eltern gefunden und die Hexe besiegt.

Seit dieser aufregenden Nacht besuchte Goalin die Bäumchen jeden einzelnen Tag seines Lebens. Zwar trugen sie alle darauffolgenden Jahren ihre herzförmigen, heiteren Blüten, doch nie wieder blühten die zwei großen wunderschönen Blumen der Trauer.

Manchmal, wenn der Fluss klar dahinfloss und die Sonne im richtigen Winkel stand, konnte Goalin am Grund die Konturen seiner Eltern erkennen.

Noraluna hingegen sah er nie wieder.

Fariah wurde sehr alt und schloss die Augen für immer an einem kalten Winterabend in ihrem geliebten Sessel. Goalin lebte ein langes und glückliches Leben, in dem er mit seinen Kindern und Enkelkindern und allen Dorfbewohnern den Ort am Fluss so oft wie möglich besuchte und ihnen die Geschichte der ´Tränenden Herzen´ erzählte.

Eines Tages fanden ihn die Dorfbewohner mit einem glücklichen Lächeln im Gesicht unter einem der Bäume sitzend – er war zu seinen Eltern heimgegangen.

Seine Familie begrub ihn zusammen mit seiner Mütze und der Laterne unter einem der einzigartigen Bäumchen, die seitdem nie wieder ihre Herzblüten getragen haben.

Von da an nannten die Dorfbewohner und alle anderen diesen Ort nur noch die `Die Tränenden Herzen von Goalin´.

Noch heute steht in dem einen oder anderen Dorfgärtchen ein kleines Bäumchen mit rosaroten Blüten, die wie kleine Herzen aussehen, als Erinnerung an den tapferen Elfenjungen Goalin und die unsterbliche Liebe seiner Eltern. Denn ein kleines Herzstück der Tränen der Freude konnte bewahrt werden …

Ende

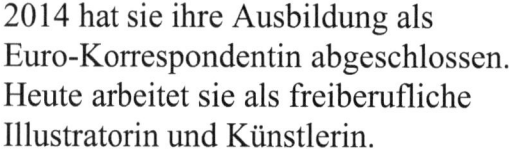

<u>Die Illustratorin</u>

Nadine Drexler, Jahrgang 1993, zeichnet seit sie elf Jahre alt ist mit Begeisterung und hat mit ihren Bildern schon einige Wettbewerbe gewonnen.

2014 hat sie ihre Ausbildung als Euro-Korrespondentin abgeschlossen. Heute arbeitet sie als freiberufliche Illustratorin und Künstlerin.

Neben ihrer Kunst fährt sie zum spannenden Ausgleich Lkw.

Aber natürlich bleibt das Malen ihre größte Leidenschaft!

Der Verlag Sternsaphir

Der kleine Verlag „Sternsaphir" wurde im April 2015 in Saldenburg von Nicoline Drexler gegründet. Tochter Nadine arbeitet freiberuflich als Illustratorin für den Verlag und haucht den Geschichten mit ihren zauberhaften Bildern Leben ein.

Der Name „Sternsaphir" wurde aufgrund der Bedeutung des Edelsteins gewählt, der ein „Stein des Himmels" ist. Um den Saphir ranken sich viele Mythen und Legenden, so besagt eine davon, dass die Strahlen des Sternsaphirs Hoffnung, Glaube und Schicksal symbolisieren.
Es heißt, in Sternsteinen wohnen „Engel des Lichts", manchmal aber auch Dämonen und Schatten.

Der Saphir steht für Wahrheitsliebe und Weisheit.

Der Verlag Sternsaphir verlegt Bücher, die aus der Reihe tanzen, Herzen berühren, verzaubern, beflügeln, betören, manchmal vielleicht auch verstören - Bücher, die das bunte „Chaos" des Lebens in allen Farben reflektieren.

„Das Leben soll kein uns gegebener, sondern ein von uns gemachter Roman sein."
(Novalis)